AF311621

Mᵉ André de CAGNY

COMMISSAIRE-PRISEUR

VENTE

Des 5, 6 et 7 Mars 1900

HOTEL DROUOT, SALLE Nᵒ 11

A 2 HEURES PRÉCISES

COLLECTION de M. R. de C···

EXPOSITION

Le Dimanche 4 Mars 1900

DE 2 HEURES A 6 HEURES

M. Gaston COURTOIS

EXPERT

CATALOGUE

DE LA

COLLECTION DE M. R. DE C***

Comprenant

UNIFORMES, COIFFURES

ARMES

CURIOSITÉS MILITAIRES

DES

Armées Française et Étrangères

Des XVIIIᵉ et XIXᵉ Siècles

GRAVURES

Livres — Dessins

AUTOGRAPHES

DONT LA VENTE AURA LIEU

HOTEL DROUOT — SALLE Nº 11

Les Lundi 5, Mardi 6 et Mercredi 7 Mars 1900

à deux heures précises

EXPOSITION PUBLIQUE

Le Dimanche 4 Mars

DE 2 HEURES A 6 HEURES

Mᵉ ANDRÉ DE **CAGNY**	**M. G. COURTOIS**
COMMISSAIRE-PRISEUR	EXPERT
24, rue Le Peletier, 24	72, rue d'Auteuil, 72
PARIS	PARIS

1900

CONDITIONS DE LA VENTE

La vente sera faite expressément au comptant.

Les acquéreurs paieront cinq pour cent en sus des enchères.

L'exposition mettant le public à même de se rendre compte des objets, il ne sera admis aucune réclamation une fois l'adjudication prononcée.

ORDRE DES VACATIONS

Le lundi 5. — Les autographes du numéro 198 au numéro 227. — Les livres du numéro 228 au numéro 238. — Les gravures, dessins, aquarelles du numéro 239 au numéro 313. — Partie des objets divers.

Le mardi 6. — Les armes du numéro 1 à 197.

Le mercredi 7. — Les uniformes du numéro 314 au numéro 397. — Les coiffures du numéro 398 au numéro 592. — Les accessoires militaires du numéro 593 au numéro 626.—Fin des objets divers.

N.-B. — Les objets désignés au présent catalogue sont visibles au domicile de l'expert, M. G. Courtois, 72, rue d'Auteuil, à Paris, sur demande à lui faite et aux jours qu'il indiquera dans sa réponse.

M. G. Courtois, recevra les commissions des personnes qui ne pourraient assister à la vente

Paris. — Imp. Ménard et Chaufour, 8-10, rue Milton.

ARMES

1 — Épée de cavalerie, lame gravée : *Corps du roi, manufacture royal d'Alsace.* Louis XIII.

2 — Sabre droit, garde à trois branches et pommeau fer, fusée revêtue cuir ; lame gravée : *Vive le roi de Sardaigne, XVIIIe siècle.*

3 — Sabre mi-courbe, garde fer, fusée revêtue cuir à filigrane d'argent. XVIIIe siècle.

4 — Sabre mi-courbe, garde à branches et pommeau cuivre, fusée bois; lame gravée. xviiie siècle.

5 — Sabre de grosse cavalerie Louis XVI avec fourreau, plus un autre sans fourreau.

6 — Quatre épées, garde à branches en fer, coquille corbeille, lame de Tolède, gravée. 1782, 1786, 1794 et 1799.

    Sera divisé.

7 — Sabre courbe, garde fer oriental. xviiie siècle.

8 — Sabre de cavalerie, garde et pommeau cuivre, fusée à filigrane cuivre, lame gravée : *Vive... Maydeht, marchand fourbisseur de la maison du roi au bas du Pont Saint-Michel.* xviiie siècle.

    Plus un autre, lame gravée : *Pro deo patria.*

9 — Quatre épées acier. xviiie siècle.

10 — Deux épées acier, garde à facettes, coquille ajourée. xviiie siècle.

11 — Épée 'garde bronze doré, fusée à filigrane d'argent. xviiie siècle.

12 — Épée garde cuivre ciselé. xviiie siècle.

13 — Épée en argent, lame talon bleui, gravée
or avec inscription : *Pour cavalerie et
dragons. Vive le roi.* xviiie siècle.

14 — Épée bronze doré, décor rocaille ; lame
poinçonnée et gravée or. xviiie siècle.

15 — Épée en argent, fusée ovoïde, pommeau rond ; lame gravée or. xviiie siècle.

16 — Une autre également en argent.

17 — Épée garde dorée, fusée argent.
xviiie siècle.

18 — Deux épées d'enfant, garde fer damas-
quinée argent. xviiie siècle.

19 — Sabre de cavalerie, garde cuivre à
branches et palmette, lame droite gravée :
Vive le roi. Louis XVI.

20 — Deux autres.

21 — Sabre de cavalerie légère, garde cuivre perlée, calotte à queue striée, fusée corne, fourreau cuir recouvert cuivre à dessin rocaille; lame bleuie gravée or : *Coulaux frères, Kriengenthal.* Louis XVI.

22 — Six épées diverses. xviiie siècle.

23 — Sabre d'officier d'infanterie, garde cuivre à fleur de lys ajourée, fusée peau, calotte cuivre à queue. Louis XVI.

24 — Sabre briquet, garde cuivre; lame gravée : *Vive le roi de Sardaigne.* xviiie siècle.

25 — Sabre d'officier d'infanterie, garde cuivre avec grenade sur branches. xviiie siècle.

26 — Quatre sabres d'infanterie, garde cuivre à branches. Louis XVI.

Sera divisé.

27 — Sabre d'infanterie, garde cuivre ajourée, fusée revêtue cuir à filigrane cuivre, pommeau dauphin. Louis XVI.

28 — Sabre d'officier, de cavalerie, garde
cuivre à trois branches ajourées, tournantes; pommeau léopard, lame coli-
chemarde, marque : *Au Raisin, de la
M*^re *de Solingen.* Louis XVI.

29 — Quatre sabres de cavalerie, garde
cuivre à deux branches mobiles.
Louis XVI.

30 — Sabre d'officier d'infanterie, garde
cuivre avec grenade ajourée entre les
branches. Révolution.

31 — Sabre d'officier d'infanterie, garde
cuivre à branches; fusée revêtue cuir à
filigrane cuivre; fourreau cuir naturel
avec son entrée ornée d'attributs guerriers,
Louis XVI.

32 — Sabre de la maison du roi, garde
cuivre à branche encadrant un soleil,
pommeau léopard. Louis XVI.

33 — Sabre d'officier d'infanterie, garde
cuivre au dauphin ajouré. xviiie siècle.

34 — Sabre d'officier d'infanterie, garde
cuivre aux trois Ordres; fourreau cuir,
garnitures cuivre, lame gravée : *Vive la
garde nationale.* Révolution.

35 — Sabre d'officier d'infanterie, garde
dorée, coquille ajourée, pommeau casqué,
lame bleuie, gravée or, fourreau cuir.
Révolution.

36 — Sabre d'officier d'infanterie, garde
cuivre à palmette ajourée, fourreau cuir.
Révolution.

37 — Sabre d'officier de la Garde nationale,
garde dorée et ciselée, branches encadrant un trophée antique, fusée revêtue
cuir à filigrane cuivre, pommeau casqué,
lame gravée or. Révolution.

38 — Sabre de grosse cavalerie, garde cuivre,
fourreau cuir, garnitures cuivre et dard
fer. Louis XVI.

39 — Un autre.

40 — Sabre d'officier de cavalerie légère,

garde bronze doré et ciselé, fourreau cuir,
garnitures cuivre ciselé (manque l'entrée).
Révolution.

41 — Quatre glaives des Élèves de l'école de
Mars. Révolution.

> Sera divisé.

42 — Sabre de cavalerie légère, garde
cuivre, fourreau cuir, garnitures cuivre,
dard fer, lame de Damas. Révolution.

43 — Sabre d'officier de cavalerie légère,
garde dorée et ciselée, fourreau cuir, garnitures cuivre doré et ciselé, orné
d'attributs militaires en ronde bosse.
Révolution.

44 — Épée d'enfant, coquille rocaille, fusée
à filigrane cuivre, lame fleurdelysée et
gravée : *École royale militaire, etc...*
Louis XVI.

45 — Sabre d'officier de la Garde nationale,
garde bronze doré et ciselé, représentant deux cavaliers combattant, pommeau

casqué, fusée revêtue cuir à filigrane cuivre, lame gravée. Révolution.

46 — Sabre à branches de garde cuivre soutenant une palmette ajourée, lame de Solingen marquée au raisin, inscription gravée : *Vive le roy*, etc... Louis XVI.

47 — Sabre de Hussard, fourreau cuir et cuivre. Révolution.

48 — Un autre, fourreau cuir presque entièrement recouvert cuivre. Révolution.

49 — Sabre de cavalerie, garde et garnitures du fourreau en cuivre argenté, fusée à filigrane cuivre. Révolution.

5o — Sabre de cavalerie légère, fourreau cuir, garnitures cuivre. Révolution.

51 — Un autre, fourreau cuir, garnitures cuivre. Révolution.

52 — Sabre d'officier d'infanterie; garde dorée, pommeau casqué, fusée à filigrane de cuivre rouge; fourreau cuir

garniture cuivre; lame ornée d'une figurine gravée avec l'inscription : *La Liberté*. Révolution.

53 — Sabre d'officier d'infanterie; garde cuivre doré; lame gravée : *Vive le roi*; fourreau cuir avec son entrée formée par une torsade. Louis XVI.
Un autre sans fourreau.

54 — Sabre de cavalerie; garde fer, fusée revêtue cuir; fourreau cuir naturel garnitures fer, cordelière cuir reliant les bracelets. Louis XVI.

55 — Sabre briquet; lame gravée : *Vive...* *et la nation*. Révolution.

56 — Sabre de cavalerie, fourreau, garde et poignée fer. Révolution.

57 — Sabre de cavalerie; garde cuivre, fourreau cuir, garnitures cuivre. Révolution.

58 — Huit sabres divers. Révolution.
Sera divisé.

59 — Sabre d'officier; garde dorée à deux branches tournantes ajourées, fusée à filigrane cuivre rouge; pommeau tête de lion; lame talon bleui gravée or : *Pour la liberté et la loy*. Révolution.

60 — Sabre d'officier d'infanterie; garde dorée, coquille ajourée, pommeau casqué; fusée revêtue cuir à filigrane cuivre. Révolution.

61 — Un autre à poignée filigrane cuivre rouge. Révolution.

62 — Sabre d'officier; régiments cuirassés, garde cuivre ornée d'une grenade sur palmette ajourée; lame talon bleui gravée : *Vaincre ou mourir*. Révolution.

63 — Un autre; garde ciselée, pommeau orné d'un trophée, lame gravée. Révolution.

64 — Sabre d'officier carabiniers, garde cuivre ornée d'une grenade sur palmette ajourée; lame gravée. Révolution.

65 — Sabre d'officier de cavalerie; garde cuivre, coquille à palmette ajourée, fusée revêtue cuir à filigrane cuivre; lame gravée. Révolution, Ier Empire.

66 — Un autre, lame à talon bleui gravé or, tourreau, cuir garnitures cuivre. Révolution, Ier Empire.

67 — Deux autre sans fourreau.

68 — Sabre briquet, garde cuivre argenté. Révolution.

69 — Un autre; lame gravée : *Grenadier de la Cotle.* Révolution.

70 — Sabre d'officier de Hussards; garde et fourreau cuivre; lame bleuie gravée or : *Vive la liberté.* Révolution.

71 — Sabre garde et fourreau cuivre argenté et gravé, lame de Solingen, talon gravé or à la marque de *Guillaume Huecht.* Révolution.

72 — Sabre garde et fourreau cuivre, poi-

gnée cuivre, lame gravée. Révolution.

Plus un autre de Hussard, fourreau cuivre, bracelets ornés de fleurs de lys. Louis XVI.

73 — Sabre d'officier, garde dorée ; pommeau tête de lion, fusée filigrane cuivre. Révolution.

74 — Sabre d'officier d'infanterie, garde argentée ; fourreau cuir, garnitures cuivre argenté ; lame bleuie gravée or. Révolution.

75 — Sabre de Hussard ; garde et fourreau cuivre, lame gravée. Révolution.

76 — Sabre d'officier de cavalerie légère ; garde et fourreau cuivre argenté ; poignée corne ; lame de Damas gravée or. Révolution.

77 — Sabre d'officier de Hussards ; garde et fourreau cuivre doré gravé ; poignée corne ; lame bleuie gravée or, représentant un hussard. Révolution.

78 — Sabre d'officier; garde et fourreau en cuivre doré et gravé, lame gravée. Révolution.

79 — Sabre d'officier de Hussards ; garde et fourreau cuivre doré et gravé ; lame bleuie gravée or. Révolution.

80 — Sabre d'officier supérieur ; la calotte à queue surmontée de l'aigle impérial amorce une couronne de laurier ajourée dans laquelle sont passées deux palmes enrubannées formant branche de garde; oreillons perlés, quillon volute, le tout en bronze doré et ciselé ; poignée en ivoire à filigrane argenté ; sur ses deux faces et dans toute sa longueur, la lame est gravée d'ornements divers et d'inscriptions relatant les noms et dates de vingt-trois batailles.

81 — Sabre de Grenadier à cheval. Ier Empire.

82 — Épée d'officier de Dragons. Ier Empire.

83 — Deux autres, lame gravée. Ier Empire.

84 — Une autre ; coquille, garde et pommeau en cuivre ciselé, lame bleuie gravée or. Ier Empire.

85 — Épée d'officier de cavalerie ; tenue de ville, pommeau casqué. Empire.

86 — Une autre pommeau ciselé. Ire Empire.

87 — Epée d'officier ; coquille ornée d'un blason entouré de drapeaux, pommeau casqué ; bronze doré ; poignée filigrane argent au chiffre 8 ; lame gravée Ier Empire.

88 — Une autre en cuivre argenté ; poignée corne, lame gravée. Ier Empire.

89 — Épée en argent ; branche de garde et pommeau finement ciselés ; coquille ornée de trophées d'attributs guerriers ; poignée portant au centre un losange en argent ; lame gravée or ; fourreau cuir avec son entrée en argent. Ier Empire.

90 — Sabre cimeterre en argent, poignée
corne; fourreau cuir, garnitures argent.
Ier Empire.

91 — Sabre de cavalerie; garde et pommeau
fer, poignée cuir; fourreau cuir, garnitures cuivre, lame gravée, Anglais.
Ier Empire.

92 — Sabre d'officier de Dragons; garde
cuivre à palmette ajourée, fourreau cuir,
garnitures cuivre. Ier Empire.

93 — Sabre d'officier de cavalerie légère,
garde dorée, fourreau cuir garnitures
cuivre, lame de Damas avec inscription
or. Ier Empire.

94 — Un autre.

95 — Sabre courbe d'officier supérieur;
garde, pommeau et fourreau en bronze
doré et gravé; lame bleuie gravée or.
Ier Empire.

96 — Sabre courbe d'officier supérieur;
garde bronze doré, pommeau tête de lion;

oreillon chiffré; fourreau cuir garnitures
bronze doré et ciselé; lame bleuie gravée
or : *Le fer pour nous défendre.* Ier Empire.

97 — Deux sabres briquet; Artillerie à pied,
Ier Empire.

98 — Épée d'officier, bronze doré et ciselé,
poignée encadrée d'un filet doré, lame
bleuie gravée or. Ier Empire.

99 — Épée en argent, général de brigade,
coquille ciselée chêne et laurier encadrant les étoiles or; lame bleuie gravée
or. Ier Empire.

100 — Épée en argent doré; branche de
garde et pommeau ciselés, coquille ornée, no 121, lame bleuie gravée or.
Ier Empire.

101 — Épée en argent, officier de cavalerie;
garde et coquille ciselées, pommeau
hexagonal encadrant une tête de cheval
en ronde bosse; poignée filigrane argent,
lame bleuie gravée or. Ier Empire.

102 — Épée d'officier de marine; garde, pommeau et coquille en bronze doré et ciselé; poignée filigrane argent. Ier Empire.

103 — Épée en argent, pommeau casqué; poignée filigrane argent. Ier Empire.

104 — Épée en bronze doré et ciselé, lame bleuie gravée or. Ier Empire.

105 — Glaive pour tenue de cérémonie. Officier général, Ier Empire.

106 — Sabre courbe d'officier supérieur; branche de garde striée, pommeau et quillon en bronze doré et ciselé; fourreau en bronze doré et gravé de médaillons représentant Bonaparte à Arcole, et différents trophées; lame bleuie, gravée or. Ier Empire.

107 — Sabre courbe de cavalerie légère, croisette et calotte à queue en cuivre; fourreau en fer bout cuivre. Ier Empire.

108 — Sabre d'officier de Hussards ;. garde et fourreau en cuivre argenté ; lame bleuie gravée or. Ier Empire.

109 — Sabre de Hussard, poignée et fourreau cuivre. Ier Empire.

110 — Sabre courbe d'officier de cavalerie légère, lame de Tolède gravée : *viva Espana* 1815.

111 — Sabre de cavalerie, garde cuivre, fourreau fer et cuivre. Ier Empire.

112 — Sabre courbe d'officier supérieur; pommeau tête de lion se reliant par une chaînette au croisillon forme chimère, mascaron au centre, le tout en bronze doré et ciselé, de même que le fourreau orné de trois médaillons représentant des scènes de camp et de combat; lame bleuie gravée or. Ier Empire.

113 — Sabre droit de grosse cavalerie, 1814.

114 — Sabre courbe de grosse cavalerie. Ier Empire.

115 — Épée d'officier, garde cuivre, lame de
Tolède gravée 1803, Espagnol. Empire.

116 — Poignard d'officier de marine, insigne
de service. Ier Empire.

117 — Un autre.

118 — Sabre et fourreaud'officier de Gr ena-
diers à pied de la garde impériale.

119 — Sabre d'officier de Mameloucks ayant
appartenu à M. R.

> N. B. — L'authenticité de cette pièce est établie
> par le dossier n° 209 qui sera vendu avec ce
> présent sabre.

120 — Remarquable épée de cour en bronze
doré et ciselé ; la tête de Henri IV encadrée de la fraise forme le pommeau ; sur
la coquille au milieu de cornes d'abon-
dance se détache en ronde bosse le portrait de Louis XVIII ; la branche de
garde et les extrémités du croisillon sont
ornés de médaillon ; poignée nacre, lame
bleuie gravée or. Restauration.

121 — Épée d'officier de la Marine royale. Louis XVIII.

122 — Épée en argent, sur la coquille dans un encadrement perlé se trouve ciselé un trophée d'armes ; poignée en nacre avec au centre un écusson en argent aux armes de France, lame gravée. Restauration.

123 — Épée en bronze doré et ciselé, ornée d'attributs allégoriques ; au pommeau un lion boit dans une coquille formant tête de la branche de garde, quillon à volute ; au centre de la poignée de nacre est placé un écusson or sur lequel un cheval argent se détache ; la lame bleuie gravée or, marque des *mouchettes à Solingen, Vve Guilmin à Versailles* est ornée des armes de France, de fleurs de lys et porte cette inscription : *officiers des gardes du corps du Roy*. Restauration.

124 — Épée en cuivre argenté et ciselé, pommeau à l'abeille, sur la coquille trois fleurs de lys couronnées figurent au

centre d'un trophée de drapeaux ; poignée en nacre lame bleuie gravée or. Restauration.

125 — Épée d'un Chevalier de Malte.

126 — Épée de cour en bronze doré et ciselé ; branche de garde ornée d'une tête de lion, sur la coquille trophée et attributs militaires en ronde bosse, quillon volute. Restauration.

127 — Une autre dont le pommeau tête de lion tient la branche de garde ; sur la coquille les armes de France couronnées par deux Victoires se détachent sur un soleil au milieu de drapeaux et attributs militaires ; lame gravée. Restauration.

128 — Sabre de marine. Restauration.

129 — Épée de cour, poignée de nacre, garde dorée et ciselée. Restauration.

130 — Sabre d'officier de Mousquetaires noirs, lame bleuie gravée or aux attributs du corps. Restauration.

131 — Sabre et fourreau d'officier de· là Gendarmerie royale. Restauration.

132 — Sept épées de cour ; bronze doré, poignée nacre. Restauration.

Sera divisé.

133 — Épée de cour en bronze ciselé et doré, coquille à attributs mythologiques.

134 — Une autre, coquille blasonnée, poignée nacre.

135 — Une autre avec couronne sur la coquille.

136 — Sabre briquet de caporal sapeur avec son fourreau. 1831.

137 — Un autre sans fourreau.

138 — Sabre de grosse cavalerie 1829.

139 — Sabre d'officier de Garde nationale à cheval, lame gravée,

140 — Trois sabres d'officier de cavalerie.

141 — Deux sabres briquet au coq, un courbe et un droit.

142 — Trois épées d'officier. 1848.

Sera divisé.

143 — Sabre d'officier d'Artillerie de la garde nationale. 1830.

144 — Sabre d'officier de cavalerie, bracelets du fourreau en cuivre argenté avec étoile.

145 — Briquet lame gravée. 1848.

146 — Deux briquets.

147 — Sabre de cavalerie. 1844.

148 — Deux autres.

149 — Épée garde bronze doré finement ciselé, poignée nacre.

150 — Épée de Général de brigade. Napoléon III.

151 — Épée de ville. Officier de cavalerie.

152 — Deux autres d'infanterie.

153 — Épée en cuivre argenté avec grenade sur la coquille.

154 — Plusieurs sabres et épées.

155 — Épée à poignée argent, pommeau orné d'une grenade, aigle sur la coquille.

156 — Six briquets divers.

157 — Dix sabres et épées de différentes époques.

Sera divisé.

158 — Épée en bronze doré et ciselé. François Ier. Naples.

159 — Une autre poignée nacre. François II. Naples.
Plus une autre de marine.

160 — Épée en bronze doré et ciselé, poignée nacre.

161 — Six sabres et épées de différentes époques. Italie.

Sera divisé.

162 — Sept sabres et épées de différentes époque. Espagne.

Sera divisé.

163 — Sabre de cavalerie. 1855.

164 — Deux sabres courbes, marine.

165 — Deux poignards d'officier de marine, insignes de service.

166 — Sabre de Tambour-major.

167 — Lot de lames et gardes non montées, et de fourreaux.

168 — Armes de styles divers.

169 — Trois fusils Remington.

170 — Deux fusils à silex, manufacture de Saint-Étienne. 1806 et 1825.

171 — Fusil à capsule, Bridesburg. 1864.

172 — Quatre fusils à piston.

173 — Fusil à la marque de Costerlein.

174 — Deux fusils à silex.

175 — Deux fusils Spencer.

176 — Fusil Winchester.

177 — Plusieurs fusils non catalogués.

178 — Fusils de chasse à deux coups, à capsule, marque de Lefaucheux.

179 — Mousqueton à tringle, batterie silex;
manufacture royale de Saint-Étienne.

180 — Fusil à vent.

181 — Carabine-revolver à six coups, marque
Adam's.

182 — Espingole; canon à gueule ronde da-
masquinée argent; crosse cloutée ornée
de nacre et de cuivre.

183 — Espingole ; crosse sculptée ornée de mascarons gravés en argent et cuivre.

184 — Paire de pistolets à deux coups, à apsule ; crosse sculptée ; calotte, sous-garde et ornements en argent gravé ; batterie en fer gravé ; canons niellés or.

185 — Paire de pistolets à capsule ; crosse sculptée niellée argent ; canon, contre-platine et sous-garde en cuivre ciselé ; batterie en fer gravé, canon gravé.

186 — Paire de pistolets à capsule ; crosse sculptée niellée argent ; calotte au soleil, sous-garde, contre-platine et garnitures en argent ; canon gravé or.

187 — Paire de pistolets à capsule ; crosse sculptée ; contre-platine en fer à la marque de Margregor Perth ; canon octogonal.

188 — Paire de pistolets d'arçons.

189 — Paire de pistolets à capsule ; crosse sculptée, calotte en fer gravé ; canon octogonal en acier bleui.

190 — Paire de pistolets à deux coups, çanons
et batterie gravés, crosse ovoïde, calotte
fer avec magasin.

191 — Pistolet à tringle, batterie à silex,
sous-garde et garnitures en argent.

192 — Pistolet à silex, batterie gravée ; calotte à mascaron et garniture en argent,
canon poinçonné.

193 — Pistolet à silex à la marque de Lhote
Paris ; canon long, calotte fer à mascaron.

194 — Pistolet à capsule, crosse sculptée,
calotte ovoïde en fer, canon octogonal.

195 — Trois pistolets de poche.

196 — Armes non cataloguées.

197 — Plusieurs fusils d'époques diverses.

AUTOGRAPHES

198 — Lettres ayant trait aux opérations de l'armée d'Italie signées par les généraux : Spital, Jardon, Masséna, Kellermann, Chabes, Guillaume, Ormancey, Digonet, Trouble, Le Suire, Goury, Chabert ; par le baron de Marbot, colonel ; les chefs de brigade : Ferdut, Nousselot, Rouvillon, Cère ; Chapotot, commissaire des guerres ; Degoy, inspecteur aux revues ; Saluzy, Delou, Miroménil, Hartman, Legendre, Moumasse, Troupel, Laforest, officiers ; par Berthier, ministre de la guerre, Valhubert.

Environ trente-huit pièces. Sera divisé.

199 — Chemin que tiendra le sergent Durand pour se rendre aux Invalides, etc.

Montpellier, 22 juillet 1715, le duc de Roquelaure. P. s.

200 — Passeports, certificats, congés, actes divers, listes des émigrés, mots d'ordre

et de ralliement, invitation, ordres du jour; trente et une pièces, 1714, 1749, 1781, 1793, an III, 1799, an VIII, 1800, 1803, 1814.

Sera divisé.

201 — Fort lot de pièces manuscrites et imprimées (armée d'Italie) proclamations, lois, fascicules, documents divers.

202 — Lettres de bienveillance du général NEY et du général MURAT au général Mainoni. L. a. s.

203 — Trois lettres du capitaine d'artillerie d'Albrat tué au siège de Grandeuz le 29 juin 1807 à son ami Mabru officier de même arme, il y est question d'un projet d'uniforme : *Habit, veste à revers, pantalon, demi guêtre pour le soldat, bottes rondes pour l'officier, casque à la Pallas, capote, etc.* L. a. s.

204 — Deux lettres rapport du général Milhaud au général Belliard, chef de l'état-major du prince Murat :

A. — ... *nous chargent à la bayon-
nette au milieu du feu roulant de l'infanterie ennemie..... je dois les plus
grands éloges à la fermeté des chasseurs et
hussards qui ont resté quatre heures
exposé à la canonnade la plus vive de
douze bouches à feu.....* (SUIT LA LISTE
DES TUÉS ET DES BLESSÉS.....) *à l'instant
l'infanterie ennemie a été culbutée, une
partie a été prise avec toute son artillerie..... excusez mon général, mon
brouillon; nous sommes si mal établis,
avec du mauvais papier, de mauvaises
plumes et nous écrivons sans table.....*

11 Frimaire, an XII. L. a. s.

B. — Une autre du même :

... *Nous manquons de tout..... la
reconnaissance que j'ai envoyée sur
Austerlitz..... je crois inutile mon
général de vous faire un rapport sur
l'affaire du 29 elle s'est passée sous vos
yeux et sous ceux de Son Altesse le
prince Murat..... cependant je ne puis
taire que la brigade que j'ai l'honneur*

*de commander..... est celle qui a fait
le plus de mal à l'ennemi..... nous
avons tué dans le moment du choc et
dans la mêlée..... je dois les plus grands
éloges aux capitaines..... et à l'intré-
pidité du jeune Latour-Maubourg sous-
lieutenant de la compagnie d'élite du 22ᵉ
que j'ai constamment vu aux trousses de
l'ennemi.*

Quartier général de Luttsch, 1ᵉʳ frimaire, an XIV.
L. s.

205 — Trois feuilles doubles, papier timbré
Empire. Douze feuilles, papier à lettre du
général Mainoni et facture de l'imprimeur
des susdits.

206 — Lettre datée du camp de Lurara,
21 septembre 1702, adressée à M. de
Lamoignon par le comte de Lunel, relatant des curieux détails politiques, histo-
riques et militaires. L. a. s.

207 — Procès verbal dressé par l'administration municipale du canton de la Croix-
Rousse, contre une femme qui se disait

être obsédée de l'esprit malin et était exhorcisée matin et soir, etc... 29 prairial, an VII.

208 — Correspondances, circulaires, ordres reçus des autorités, par le maire de Eza ; notamment :

... Demande de l'état des cochons existant dans la commune tant mâles que femelles, avec désignation de leur âge, etc. ; AN III ;

... Le nombre de tous les individus mâles habitant la commune depuis et y compris l'âge de dix ans, etc. ; AN III ;

... L'état de tout le cuivre retiré des maisons nationales d'émigrés, des églises et chapelles supprimées ; existant sur les toitures des édifices, etc. ; AN III

... Lui donnant signalement de brigands...... et des bandes de barbets....

... Consigne indiquant de quelle façon doit être donnée l'alarme en cas d'attaque..... 1807

. Recherche de conscrits déserteurs...

... Ordre d'arrêter le redoutable bri-
gand Pacifique......

... Envoi d'un garnisaire à la dispo-
sition du percepteur.....

... La Convention ordonne des réjouis-
sances pour l'anniversaire de la juste
punition du dernier roy des Français,
qui doit être célébré avec la pompe digne
d'un peuple libre; AN III

... S'assurer si dans la commune on
a conservé la plus grosse cloche, une
moins forte pouvant suffir, AN II;

... Ordre d'arrêter l'ex-duc de Fleury,
1813.

... Mesures à prendre pour maintenir
la tranquilité publique durant la mémo-
rable époque du couronnement de Sa
Majesté Impériale, 1813.

Cinquante pièces.

209 — Papiers ayant appartenu à M. J. R...,
capitaine aux Mameloucks, de la Garde
Impéri ale.

A. Deux pièces émanant du gouvernement de

la **République** Cisalpine, ornées de vignettes enluminées.

B. Lettre du général Desaix au commodore Sidney Schmitt, recommandant R... qui lui a servi d'interprète depuis son entrée en Egypte. A bord du Tigre. L. a. s.

C. Certificat de bons services. Le Kaire, 27 pluviose an VIII. S. Desaix.

D. Laissez-passer délivré par Rapp, aide-de-camp du premier Consul, commandant l'escadron de Mameloucks à R. lieutenant audit corps. Malmaison, 8 floréal, an X, a. s. Rapp, cachet.

E. Le ministère de la guerre à R. l'avisant de sa nomination à l'emploi de lieutenant; s. Berthier; au dos se trouve la traduction en arabe.

F. Permission délivrée par le général Damas. Alexandrie, 26 germinal, an IX. L. a. s.

G. Le Conseil d'Administration du bataillon de chasseur d'Orient demande au ministre de la guerre l'emploi d'officier d'habillement pour le citoyen R. lieutenant de Mameloucks.

H. Nomination de R. au grade d'officier de la Légion d'honneur.

I. Formule du serment.

J. Inscription de rente allouée à R. capitaine aux Mameloucks. Paris, 10 août 1808.

K. Nomination de R. capitaine dans les chas-

seurs à cheval de la garde, au titre de chevalier de l'ordre de la Réunion. Paris,
27 février, 1814.

L. Rapport du chef à l'armée du Nord en
faveur de R. capitaine de Mameloueks. Lille,
30 mai 1814. L. a. s. Obert.

M. Détail des services. Campagnes et blessures
de R., né en Syrie le 9 avril 1777, pièce offi-
cielle approuvée et contresignée par le
général Damas. Saumur, le 5 août 1814. A. s.

N. Permission accordée à R. capitaine aux
Chevaux-Légers lanciers royaux de France...
Angers, 26 août 1814. S. comte Colbert et
autres.

O. Certificat élogieux délivré à R. par le colonel-
commandant les Mameloucks. Saumur,
28 août 1814. A. s. baron de Kaïrmann, s.
légal.

P. Brevet sur parchemin nommant R. officier
de la Légion d'honneur. Château des Tuileries, 18 mars 1819.

Q. Certificat de traitement. 24 juillet 1819.

R. Nomination de R... comme chevalier de
l'ordre du Saint Sépulcre de Jérusalem.
Paris, 16 septembre 1820.

S. Brevet de naturalisation accordé à R...
Château des Tuileries, 22 décembre 1827.
Signé Charles (X) avec le scel en cire *ad hoc*.

T. Brevet de la croix de Saint-Louis conféré
à R. s. Louis Antoine. 1815.

U. Plusieurs pièces non désignées.

N. B. — Ce présent numéro 209 sera vendu le mardi 6 mars avec le sabre numéro 119.

210 — Mémoire de fourniture d'un costume complet au général Mainoni; désignation des objets, prix de détail et global. 23 pluviose, an VIII.

211 — Douze lettres provenant des armées de l'Est et du Rhin, guerre de 1870.

212 — Lettre du général BERTHIER au général Mainoni :

... Le général Moncey se portera sur Simplon, le général Chabran avec environ 3,000 hommes, se rendra par le petit Saint-Bernard et moi je débou- cherai par le grand Saint-Bernard avec 30,000 hommes d'infanterie et 5,000 de cavalerie..... le premier Consul arrive ici dans la journée. Je remets au porteur 25 louis pour vous servir à envoyer quelques espions dans le Piémont.

Genève, 18 floréal, an VIII. L. s.

213 — Lot important : de rapports, états, ordres de marche, (armée d'Italie et du Danube.) Proclamations adressées par les Consuls, Masséna, Lanes, etc. — Ordres du jour, arrêts de Masséna, Brune, Moncey, Franceschi. — Circulaires, décrets, avis, lois, proclamations, etc.

Sera divisé.

214 — Lettre de la citoyenne P... au citoyen L... lieutenant à la 100e 1/2 brigade :

... Je ne puis rester plus de huit jours mon bien aimé.....

215 — Armée d'Italie. Lettre d'un conscrit, datée du 3 messidor, an II de la République Française, une. invisible et impérissable.

216 — Décret de la Convention portant que les ecclésiastiques, frères convers et lais, qui n'ont pas prêté serment seront transférés sans délai à la Guyane. Nice, 9 mai 1793.

District de l'Egalité : Publication de
vente de domaines provenant des émigrés
Bourbon ; Municipalité de Charenton,
Saint-Maurice et de Saint-Maur. 6 ventôse,
an II.

Deux pièces.

217 — Proclamation du duc de Rivoli et
Dubouchage, préfet.

Deux pièces imp. avril 1814.

218 — Lois, décrets, proclamations de Eugène Napoléon, vice-roi d'Italie.

Quarante pièces imp. et trois brochures.

219 — Ordres du jour de Brune, Joubert,
Delmas, Brune, armée d'Italie.

Cinq pièces imp.

220 — Le chef de brigade de la garde à pied
des Consuls au ministre de la guerre.....

Paris, 3 ventôse, an VIII. L. a-s

221 — Brevets :

De grenade d'honneur :

Sur parchemin. Paris, 11 brumaire, an X. S.
BONAPARTE.

De capitaine :

Sur parchemin. Saint-Cloud, 21 prairial, an XI.
S. BONAPARTE.

De chef de bataillon :

Sur parchemin. Saint-Cloud, 26 floréal, an XI.
S. BONAPARTE.

De garde nationale :

En blanc, sur parchemin.

De l'Ordre du Lys :

Sur parchemin, Paris 31 octobre 1814.

De quartier maître trésorier :

Paris, 24 prairial, an VII. Le Directoire exécutif.

De pension :

Sur parchemin. Versailles, 1er juin 1779.
S. LOUIS XVI.

De capitaine :

Paris, 6 décembre 1813. S. duc de FELTRE.

D'avoué :

17 Vendémiaire, an IV.

Décoration des Vétérans :

Sur parchemin. Paris, an II, avec médaille *ad-hoc*.

De fusil d'honneur.

Sur parchemin. Paris, 23 Primaire, an IX.
S. BONAPARTE.

Ordre du Lys.

Lettre du premier valet de chambre autorisant
au nom du roi M. B. à en porter l'insigne.
Paris, 3 septembre 1814. S. Hue, cachet, plus
une lettre de MACDONALD, au même.

Médaille militaire, 1854.

Chevalier de la Légion d'honneur, 1861.

Treize pièces. Sera divisé.

222 — Lot d'imprimés, autographes, etc.

Sera divisé.

223 — Papiers de famille du général Mainoni;
ses nominations et lettres de service,
pièces signées, par Eyssautier, Berthier,
Bernadotte (griffe).

224 — Rapport sur un lieutenant pris de
vin, etc...

Deux pièces man., an VII.

225 — Certificat laissant la liberté au citoyen

Escoffier de se marier ou de rester célibataire, s. Mallot cap. an XII.

Plus : Certificat d'estime délivré à leur capitaine par les sous-officiers et soldats de la 4e Compagnie du 133e de ligne, août 1814, l. a. s.

226 — Le gouvernement de la République Cisalpine au général Mainoni.

Trente pièces.

Plus : lois, avis, décrets.

Quarante pièces.

227 — Lot important d'autographes des xviiie et xixe siècles.

Sera divisé.

LIVRES

228 — Recueil contenant l'édit du roy sur
l'establissement de la juridiction des con-
seils en la Ville de Paris.

> Vol. rel., fleurdelysé or, aux armes de la Ville
> de Paris, tranches dorées, chez Ballard. 1668.

229 — Album della guerra del 1870.

230 — Journal officiel de l'Empire du 16 février 1811 au 30 septembre 1814.

> Neuf volumes cart.

231 — Histoire de la guerre d'Orient, par
Dufour.

> Vol. illust., par Janet. Paris, chez Barba.

232 — Traité élémentaire d'art militaire.

> Deux vol. cart., à Paris, chez Allars, 1805.

233 — Album de cachets, timbres, fiscaux
des XVIIᵉ XVIIIᵉ et XIXᵉ siècles.

234 — Les Amours pastorales de Daphnis et
de Chloé.

Orné de 3o gravures d'Audran, 1745.

235 — Carta delle stazioni militari, naviga-
zione e porte del regno d'Italia 1808.

Sur toile, dans un étui carton avec ex-libris du
général Mainoni.

236 — Nouveau plan routier de la Ville et
faubourgs de Paris, 1794.

237 — Plusieurs volumes non catalogués.

238 — Journal historique des opérations du
centre de l'armée d'Italie du 15 Messidor,
an VIII, jusqu'au 28 Nivose, an IX.

Brochure de 58 p.

GRAVURES, DESSINS
AQUARELLES

239 — Environ 98 vignettes sujets grivois et autres, par Moreau, Eisen, Monnet, Callot, van Ostade, Plousky, etc.

Sera divisé.

240 — Treize pièces : Grandeur d'âme de Corésus, Cérès et bacchantes, Vénus, les Amants surpris, etc..., par Fragonard, Goltzins. Wolf, le Titien, Boucher école, italienne, XVIe, XVIIe et XVIIIe siècles.

Sera divisé.

241 — Paul et Virginie.

Onze pièces d'après Schalle, Girardet, Deveria, etc...

242 — L'effroi, l'hésitation, etc...

Suite de quatre études de nu, par Sixdeniers.

243 — Équitation, chasse, marine, cartes.

Vingt-sept pièces par C. Vernet, Pforn, Hearne,
Herring, Fragonard.

244 — Le chiffre d'amour. FRAGONARD.

Gravé par de Launay.

245 — Le graveur, le modeleur.

Deux gravures. Augsbourg chez Haid.

246 — Le modèle disposé.

Gravure, d'après Schall.

247 — L'écueil de la sagesse.

Gravure par de Mouchy.

248 — Les désirs satisfaits. EISEN.

Gravée par Potas, 1772.

249 — Passage du grand Saint-Bernard, par l'armée française.

Gravure au lavis par Aubertin, dessiné sur le
lieu, par Gauthier.

250 — Feuille de douze médaillons coloriés représentant la vie de Napoléon Ier.

251 — Cariolan fléchi par les prières de sa mère... Paix signée entre Romulus et

Tatus... La famille de Darius aux pieds d'Alexandre-le-Grand... La courageuse Timoclée.

Six gravures en couleur dont quatre rehaussées d'or par Thouvenin, d'après Singleton.

252 — La Nativité. L'adoration des Mages, des Bergers, Le Calvaire. Descente de Croix. Le Déluge. Adam et Eve. La chaste Suzanne, etc.

Trente et une pièces noires et coloriées d'après et par van Dyck, Paul Véronèse, Caliary, Le Moine, etc... xvii°, xviii° et xix° siecles.

Sera divisé.

253 — Révolution de 1830.

Cinq pièces, gravures et lithographies.

254 — Histoire des Doges de Venise.

Vingt-six gravures de Gallimberti.

255 — Il carnevale di Roma.

Album de vingt planches gravées. Roma, 1820.

256 — S. A. J. le prince Eugène-Napoléon.

Deux portraits dont un en couleur, par ALIX.

257 — Paul et Virginie. SCHALL.

> Deux gravures en couleur, par Descourtis.

258 — Vues des cathédrales d'Amiens, de Strasbourg, de Reims, de Chartres, de Beauvais, de Cologne, etc...

> Onze pièces, gravures et aquarelles. Designed by M. C. Wild, published by R. Ackermann. London.

259 — Les ports de Bayonne, Bordeaux, Marseille, Rochefort.

> Cinq gravures, d'après J. Vernet ,1760.

260 — Louis XVI. Marie-Antoinette. La Famille royale au Temple.

> Vingt pièces scènes diverses, noires et coloriées gravées par Silanio, Prieur, Amnil et Deriens.

261 — Roman Nimphs.

> Deux gravures dont une en couleur, d'après Guttenbrunn.

262 — Ruth and Boaz, Ruth and her Mother.

> Deux gravures, d'après Singleton.

263 — Agar présentée à Abraham par Sara.

> Gravure par Wille.

264 — Portrait de Napoléon Ier, empereur
des Français, roi d'Italie.

Gravure en couleur de A. DUMONT.

265 — Vues des châteaux d'Anet, d'Amboise,
de Chaillot, de Choisy, etc.

Six gravures encadrées. XVIIIe siècle.

266 — Zenxis composing the picture of Juns...
Cornelia mother of grachü presents her
childrew, etc.

Deux gravures au pointillé, en couleur. Lon-
dres, 1785-1788.

267 — Histoire d'un conscrit.

Cinq gravures à la manière noire par Aubry.

268 — La Mort de Napoléon à Saint-Hélène,
la Translation des Cendres.

Quatorze gravures et lithographies.

269 — La mort du maréchal Lannes.

Cinq pièces noires et coloriées.

270 — Napoléon II, sa naissance, sa mort.

Six gravures.

271 — Batailles de Friedland, d'Eylau,

d'Austerlitz, de Lodi, Waterloo, Iéna, des Pyramides, Leipsick, Montereau, Fleurus, Marengo, Arcole, Jemmapes, Wagram, Ratisbonne, Millenino, Mauterie, Esling, Cadsan, Ulm, Brienne, Saragosse, Moscou, Montebello, Saint-Giorgio, Abensberg, Mont Saint-Bernard, etc.....

Soixante gravures et lithographies noires et coloriées par Bertaux, C. Vernet et autres. (Sera divisé.)

272 — Soixante-sept gravures de modes, 1824, 1829.

273 — Vingt-quatre gravures noires et coloriées, costumes, allégories, métiers. XVIIIe siècle, chez Bonnat.

274 — Retraite de l'Armée Française à Moscou.

Gravure en couleur parue à Vienne.

275 — Scènes militaires.

Trenre-sept lithographies de Bellangé, Charlet, C. Vernet, Raffet, etc.

276 — Album de cinquante-trois planches escrime. XVIIIe siècle.

277 — M. West and Family.

Deux gravures par Orasset. London. 1791.

278 — Diane et Actéon. Diane et Endymion.

Plusieurs gravures par Albani, Cangiassi.

279 — Caricatures.

Soixante-deux lithographies coloriées par Gavarni, Daumier, Grandville.

280 — Portraits des XVIIe, XVIIIe et XIXe siècles, civils et militaires.

Cent quatre-vingt-douze pièces, écoles Française et Italienne. (Sera divisé.)

281 — Portraits des grands peintres italiens. XVIe, XVIIe et XVIIIe siècles.

Trente-huit gravures en couleur.

282 — Costumes civils des XVIIe et XVIIIe siècles.

Vingt-neuf pièces. (Sera divisé.)

283 — Costumes et scènes militaires des XVIIIe et XIXe siècles.

Soixante-trois pièces, scènes diverses. (Sera divisé.)

284 — Vues de Paris, de ses environs et autres.

Vingt pièces noires et coloriées. xviiie et xixe siècle. (Sera divisé.)

285 — Cinquante-sept gravures en couleur de différentes époques.

Sera divisé.

286 — S. A. Royale la duchesse de Keus.

Gravée par James Bromley.

287 — Portrait de Nicolaus vander Borchi VAN DYCK.

Gravé par VERMEULEN 1703.

288 — Vingt-sept pièces où Napoléon est représenté en personne.

289 — Sujets galants.

Quarante-neuf gravures et lithographies, noires et coloriées par Cipriani, Deveria, Boucher, Roemhild, Maurin, Zucchi, Magiotto, Franquelin, Vallon, Plattel, J. Zatta, Deny, etc..., xviiie et xixe siècles.

290 — Napoléon Ier.

> Quatorze pieces noires et coloriées le représentant.

291 — Entrée de Eugène Beauharnais à Munich. Bataille de Malte. Retraite de Russie.

> Trois gravures en couleur par Spol.

292 — La Sultane favorite. Le Sultan galant.

> Deux gravures par Jeaurat.

293 — La Fécondité. Les Amans surpris. Le Messager discret. Les Bacchantes endormies.

> Cinq gravures noires et coloriées d'après Boucher.

294 — Les Appas multiples.

> Gravure d'après Challe.

295 — L'enlèvement nocturne.

> Gravure d'après BAUDOUIN.

296 — Sujets mythologiques et allégoriques. XVIIe et XVIIIe siècles.

> Sept gravures par Dauzel, Cunego, de Bruyn, etc.

297 — Environ sept cents gravures et lithographies, noires et coloriées, sujéts variés,
des XVIIe, XVIIIe et XIXe siècles.

298 — Cadre de fleurs peintes sur parchemin, rehaut d'or. XVIIe siècle.

299 — Costumes militaires Français. Révolution et Empire.

      Soixante estampes coloriées, d'après Bellangé.

300 — Cavalerie légère française et étran-
gère sur pied le 15 février 1730 avec *ses
uniformes, armures et étendards en bla-
zon, représentés par les couleurs de l'or-
donnance.*

    Plus : Infanterie française et étrangère
sur pied le 15 février 1730, etc...

      Deux pièces gravées du temps.

301 — Gravures, dessins, aquarelles.

      Sera divisé.

302 — Soldat du régiment des dromadaires.

      Aquarelle.

3o3 — Jour de deuil.

Dessin à la plume par J. Léonard. 1878.

3o4 — Père et fils : Alsace-Lorraine.

Deux dessins à la plume par A. B., Metz 1883.

3o5 — Un grand coupable.

Dessin à la plume par Luce.

3o6 — Italienne.

Aquarelle par C. de Rivière. 1883.

3o7 — L'Automne.

Sanguine, par Moutaud.

3o8 — Eruption volcanique.

Aquarelle.

3o9 — Vingt-huit dessins, aquarelles, gouaches, études.

3io — Arrestation du marquis de Launay.

Aquarelle.

3ii — L'Indiscret.

Aquarelle, par C. Torconi.

312 — L'enlèvement des Sabines. Le Festin.

Deux gouaches.

313 — Officier Prussien.

Dessin à la plume, par Fortin. 1884.

UNIFORMES

3i4 — Plusieurs tenues des xviie et xviiie siècles anciennes et reconstituées.

3i5 — Deux habits, tenue de ville. Officiers
de cavalerie. Garde impériale. 1808.

3i6 — Habit. Chasseur de la Garde.

Reconstitution.

3i7 — Habit d'infanterie en drap blanc,
revers et parements en panne noire,
épaulettes bleu et rouge, galon de grade
argent, bouton au chiffre 7, département
de la Gironde. Compagnie de réserve.
1812.

318 — Un autre de cavalerie en drap bleu, revers et parements en drap jonquille, passepoil rouge, épaulettes à trèfle et aiguillettes jonquille. 1812.

319 — Habit soldat Anglais. 1815.

320 — Habit drap blanc, trompette. 1815.

321 — Deux habits. Régiment Suisse. Restauration.

322 — Habit d'un chevalier de Malte.

323 — Deux habits. Gardes du corps, petite tenue. Restauration.

324 — Habit, Commissaire de la marine. Restauration.

325 — Dolman bleu, col et parements drap écarlate, soutaché et galonné argent, avec hongroise ornée de même. Officier-hussards vers 1820.

326 — Pelisse et hongroise drap amarante, Dolman drap bleu, col et parements drap

amarante, galonné et soutaché argent.
Officier hussards vers 1820.

327 — Deux kurtkas. Lanciers. 1831-1836.

328 — Dolman. 4e Hussards. 1839.

329 — Dolman. 3e Hussards. 1841.

330 — Dolman. 4e Hussards. 1842.

331 — Habit court. Chasseurs a cheval. 1844.

332 — Habit. 6e Dragons. 1849.

333 — Habit d'officier. Cavalerie légère.

334 — Dolman. Guides de la garde impériale. 1853.

335 — Quatre dolmans. Guides de la garde impériale. 1854, 1855, 1870.

336 — Plusieurs autres.

337 — Trois dolmans. Trompettes des Guides de la garde impériale 1866, 1867, 1869.
(Le galon distinctif manque).

338 — Plusieurs autres.

339 — Pelisse. Trompettes des Guides.
(Il y manque boutons, fourrure et soutache).

340 — Dolman. Officier des Guides.
(Les galons de grade sont enlevés).

341 — Tunique. Chasseurs d'Afrique. 1854.

342 — Deux dolmans. Artillerie de la Garde. 1854.

343 — Deux dolmans. Artillerie de la Garde, 1856. Trompettes,

344 — Un autre.

345 — Plusieurs autres.

346 — Kurtka. 3e Lanciers. 1855.

347 — Dolman. 4e Hussards. 1857.

348 — Deux habits. Voltigeurs de la Garde. 1859.

349 — Dolman d'officier. Chasseur à cheval de la Garde, 1860.

(Sans galon).

350 — Deux dolmans. Chasseur à cheval de la Garde. 1860.

351 — Plusieurs autres.

352 — Tunique et pantalon. Infanterie de ligne. 1860.

353 — Veste. Equipage de ligne, Marine. 1860.

354 — Tunique d'officier. Chasseurs d'Afrique. 1860.

355 — Capote de sergent. Administration des prisons. 1861.

356 — Tunique. Voltigeurs 1er bataillon d'Afrique. 1861.

357 — Dolman. Remonte. 1862.

358 — Tunique et pantalon. Compagnie du centre. Infanterie de ligne. 1863.

359 — Une autre 1864.

360 — Plusieurs autres.

361 — Tunique. Grenadiers de la Garde impériale.

362 — Plusieurs autres.

363 — Huit tuniques. Cent Gardes.

364 — Tunique. Infanterie de ligne. 1871, 1875.

365 — Deux habits d'officiers, tenue de ville. Carabiniers.

366 — Tunique. Trompette Carabiniers, 1866-1870.

367 — Habit court d'officier. Carabiniers.

368 — Habit d'officier. Etat-major des places.

369 — Habit brodé or fin. Chambellan, grande tenue.

370 — Deux vestes. Zouaves de la Garde impériale.

371 — Kurtha d'officier. Lanciers de la Garde.

372 — Kurtka. Lanciers de la Garde.

373 — Plusieurs autres.

374 — Habit brodé or fin. Général de brigade.

375 — Habit court d'officier. 10ᵉ Dragons.

376 — Habit court d'officier. 8ᵉ Dragons.

377 — Spencer d'officier. Chasseurs d'Afrique.

378 — Habit court d'officier. Train des équipages.

379 — Deux dolmans. Adjudants, Hussards. 1868.

380 — Dolman. 1ᵉʳ Hussards, 1868.

381 — Dolman. 7ᵉ Hussards. 1870.

382 — Plusieurs autres.

383 — Dolman. Chasseurs. 1870.

384 — Plusieurs autres.

385 — Dolman. 11e Chasseurs. 1872.

386 — Veste, gilet et culotte. Brigadier fourrier de spahis.

387 — Vingt-cinq habits, dolmans, troupe, garde nationale, pompiers, Restauration, 1830, 1848 et second Empire.

388 — Douze pantalons, hongroises, diverses époques.

389 — Quatre gilets blancs Empire.

390 — Quatre tenues. Enfants de troupe. Infanterie et cavalerie.

391 — Lot d'uniformes Français de diverses époques.

392 — Veste de postillon soutachée argent XVIIIe siècle.

393 — Livrées non cataloguées.

394 — Gilet rouge, boutons fleurdelysés.

395 — Costume de soldat du Pape. Pourpoint, culotte et bas.

396 — Onze habits et dolmans. Armées étrangères.

Sera divisé.

397 — Quantité d'uniformes étrangers.

COIFFURES

FRANCE

398 — Chapeau d'officier, infanterie. Empire.

399 — Plusieurs feutres. Restauration.

400 — Schapska de Lanciers de la Garde royale, 1814-1824.

401 — Casque de Mousquetaires noirs. Restauration.

402 — Casque de Gardes du corps du Roi, 1815.

Quelques restaurations.

403 — Schako d'officier, infanterie. Restauration.

404 — Claque de chevalier de Malte, ornements or fin.

405 — Feutre. École Polytechnique.

406 — Casque d'officier de Dragons, 1825.

407 — Casque de Dragon, troupe. 1825.

408 — Plusieurs autres.

409 — Casque d'officier de Cuirassiers. 1825.

410 — Casque de Cuirassier. 1825.

411 — Plusieurs autres. 1825.

412 — Plusieurs schapskas. Lanciers. 1848.

413 — Casque en cuir. Essai.

414 — Casque. Garde républicaine.

415 — Plusieurs shakos. Garde nationale, 1830 et 1848, troupe.

416 — Plusieurs shakos. Garde natio-nale. 1830 et 1848. Officiers.

417 — Deux schapskas. Garde nationale. Officiers.

418 — Plusieurs chapeaux de la Gendarmerie, d'époques diverses.

419 — Casque de Dragon. 1854.

420 — Plusieurs autres.

421 — Talpack. Artillerie de la Garde impériale, 1856.

422 — Plusieurs autres.

423 — Plusieurs schakos. Voltigeurs de la Garde impériale.

424 — Schapska. Lanciers de la Garde impériale.

425 — Bonnets à poil.

426 — Plusieurs schapskas. Officiers de Lanciers.

427 — Plusieurs schapskas de Lanciers. Troupe.

428 — Plusieurs képis. Infanterie de ligne. 1869.

429 — Casque de Cent Gardes.

430 — Schako. Elève de l'Ecole de Saint-Cyr.

431 — Plusieurs bonnets de police. Guides de la Garde impériale.

432 — Bonnet de police d'officier. Carabiniers.

433 — Quantité de bonnets de police. Infanterie de ligne et autres.

434 — Chapeau de Général, galon or fin.

435 — Schako d'officier. Chasseurs à pied.

436 — Schako de troupe.

437 — Plusieurs shakos. Artillerie de marine.

438 — Képi d'officier. Garde mobile. 1870.

439 — Schako d'officier. Train des équipages.

440 — Plusieurs képis. Infanterie de ligne, 1872.

441 — Plusieurs schakos. Infanterie de ligne. 1877-1885.

442 — Casque de Dragon. Essai.

443 — Casque de Hussard. Essai.

444 — Schako de Hussard. Essai.

445 — Casque d'Artillerie. Essai.

446 — Képis de disciplinaire de la Marine et des Colonies.

447 — Plusieurs schakos d'officiers. Infanterie, artillerie, génie.

448 — Schako. Élève à l'École de Saint-Cyr.

449 — Schako d'officier, écuyer. École de Saumur.

450 — Chapeau de sous-maître, tenue de manège. École de Saumur.

451 — Taconet des Chasseurs d'Afrique.

452 — Schako d'officier. Chasseurs à cheval.

453 — Plusieurs schakos de la Garde de Paris, de différentes époques.

454 — Plusieurs casques, même arme.

455 — Plusieurs casques de Pompiers; Restauration à l'époque actuelle.

456 — Lot de schapskas, schakos, époques variées.

Sera divisé.

457 — Feutres et fûts de schakos.

458 — Coiffures non cataloguées.

ÉTRANGER

ANGLETERRE

459 — Casque d'infanterie, modèle actuel.

460 — Casque du 1er régiment de Dragons, grande tenue, troupe, modèle actuel. Angleterre.

461 — Schako d'officier, grande tenue. Suisses au service de l'Angleterre, 1830-1850.

462 — Schako d'officier, grande tenue. Infanterie.

463 — Schako d'officier. Infanterie 1840.

AUTRICHE

464 — Casque d'officier. F. I.

465 — Un autre. F. II.

466 — Chapeau d'officier, mod. actuel. Chasseurs à pied.

467 — Casque de Garde du corps, à pied. 1850.

468 — Czako de l'Artillerie, sous-officier, grande tenue, mod. actuel.

469 — Casque.

470 — Chapeau de la Gendarmerie, grande tenue, mod. actuel.

471 — Casque d'officier, mod. actuel. Dragons.

472 — Czako d'infanterie, mod. actuel.

473 — Czapka d'officier, petite tenue, mod. actuel. 11e uhlans.

474 — Czapka d'officier supérieur, grande tenue, avant-dernier modèle. 3e uhlans,

475 — Czapka d'officier subalterne, avant-dernier modèle. 6e uhlans.

476 — Casque. Troupe, mod. actuel. Dragons.

477 — Czapka d'officier, mod. actuel, grande tenue. 7e uhlans.

478 — Czako d'officier subalterne, mod. actuel. Infanterie.

479 — Czako de sous-officier, grande tenue, mod. actuel. 1er Hussards.

480 — Czapka de sous-officier, avant dernier mod. 5e uhlans.

481 — Czako d'officier, grande tenue, mod. actuel. 5e Hussards.

482 — Casque de Pompier.

483 — Coiffures de l'armée Autrichienne non cataloguées.

BAVIÈRE

484 — Shako de Bergmann, mod. 1790.

485 — Casque de troupe. Infanterie, mod.
1814-1825.

486 — Shako de troupe, grande tenue, mod.
1800. Hussards.

487 — Shako de troupe, grande tenue, mod.
1800. Artillerie.

488 — Casque, mod. 1840-1867. Artillerie de
la Landwehr.

489 — Casque d'infanterie, mod. 1840.
Landwehr.

490 — Casque de cavalerie, mod. 1840.
Landwehr.

491 — Schapska de troupe, grande tenue.
Uhlan, 1865-1872.

492 — Un autre d'officier.

493 — Casque de troupe, mod. 1860-1870.
Infanterie.

494 — Casque de troupe, mod. 1860-1870.
Infanterie.

495 — Casque d'officier, mod. 1860-1870. Infanterie.

496 — Casque des chevau-légers, mod. 1872-1884.

> Ce modèle était porté aussi par l'artillerie avec la flamme rouge; et par le train avec la flamme noire.

497 — Casque d'officier du Train des équipages, grande tenue, mod. 1870-1884.

498 — Chapeau de général, grande tenue, mod. actuel.

499 — Casque d'officier, grande tenue, mod. actuel. Chevau-légers.

500 — Casque d'officier, petite tenue, mod. actuel. Infanterie.

501 — Casque d'officier, petite tenue, mod. 1884. Infanterie de la garde.

502 — Casque d'officier, mod. 1870-1884. Infanterie de la Landwehr.

503 — Casque de troupe, mod. 1870-1884. Infanterie.

504 — Casque de troupe, mod. 1870-1884. Chasseurs à pied.

505 — Casque d'officier, grande tenue, mod. 1879-1884. Chevau-légers ou reîtres lourds.

506 — Casque de Pompier, mod. supp.

507 — Coiffures de l'armée Bavaroise non cataloguées.

BELGIQUE

508 — Bonnet à poil.

509 — Schapska. Lanciers.

510 — Deux casques. Cuirassiers.

511 — Plusieurs schapskas.

512 — Coiffures de l'armée Belge. non cataloguées.

BADE

513 — Casque de troupe. Artillerie, mod.
actuel.

BRÉSIL

514 — Casque.

ESPAGNE

515 — Casque de Dragon.

516 — Casque d'officier de Cuirassiers, grande
tenue. 1825.

517 — Schako de capitaine. État-major, mod.
actuel.

518 — Schako. Intendance.

519 — Casque petite tenue. Régiment de la
Reine, 2e Lanciers.

520 — Casque de troupe, grande tenue. Régiment de Lusitanie, 12e Dragons, mod. actuel.

521 — Schako d'officier. Cavalerie carliste. 1870.

522 — Chapeau de Carabinier (gendarme), mod. actuel.

523 — Schako de capitaine, grande tenue, Infanterie de ligne, mod. actuel.

524 — Schapska d'officier.

525 — Coiffures de l'armée Espagnole non cataloguées.

HONGRIE

526 — Talpack de Vétérinaire de la Honved, mod. actuel.

527 — Czako de médecin de la Honved, mod. actuel.

528 — Casque de gardes de la Couronne.

6

HOLLANDE

529 — Kolback des Hussards.

53o — Casque d'infanterie. Colonies. Extrême-Orient.

531 — Coiffures de l'armée Hollandaise non cataloguées.

HESSE

532 — Casque.

ITALIE

533 — Casque. Ligurie, cavalerie de ligne. Chailes-Albert.

534 — Casque. Ligurie, cavalerie de ligne. Victor Emmanuel.

535 — Casque. Ligurie, cavalerie de ligne. Humbert.

536 — Plusieurs autres.

537 — Talpack des Lanciers du régiment d'Aoste, mod. actuel.

538 — Casque des Gardes suisses. Armée Pontificale.

539 — Schako d'officier. Armée Pontificale.

540 — Chapeau.

541 — Casque de la cavalerie de ligne, mod. actuel.

542 — Schako de lieutenant, mod. actuel. Infanterie.

543 — Coiffures de l'armée Italienne non cataguées.

PRUSSE

544 — Casque de troupe. Infanterie. Grenadiers.

545 — Casque de commandeur, mod. actuel. Colonies africaines.

546 — Casque de troupe. Infanterie de ligne. Grenadiers, mod. supprimé en 1890.

547 — Casque de troupe. Fusillers, mod. actuel.

548 — Casque de troupe. 6e Cuirassiers, mod. actuel.

549 — Casque d'officier, petite tenue. Dragons de la Landwehr, mod. actuel.

55o — Casque de troupe. Gardes du corps. mod. actuel.

551 — Casque d'officier. Infanterie. Grenadiers de la Landwehr.

552 — Schapska d'officier. Prusse.

553 — Coiffures de l'armée Prussienne non cataloguées.

554 — Casque de général grande tenue, mod. actuel.

555 — Casque de troupe, petite tenue.

PORTUGAL

556 — Bonnet à poil, troupe, grande tenue. Garde nationale à pied. Portugal.

557 — Casque. Infanterie de ligne. Mod. actuel.

558 — Casque de troupe, Garde nationale à pied, mod. actuel.

559 — Schako d'officier, grande tenue, Artillerie.

560 — Schapska de troupe, grande tenue. Lanciers, mod. actuel.

561 — Coiffures de l'armée Portugaise non cataloguées.

RÉPUBLIQUE ARGENTINE

562 — Schapska.

ROUMANIE

563 — Casque d'Agent de police.

564 — Bonnet d'officier.

RUSSIE

565 — Schapska d'officier.

566 — Casque. Infanterie légère. 1850

567 — Schako.

568 — Schako d'officier subalterne. Infanterie de marine. 1860.

569 — Casque Infanterie. 1850.

570 — Coiffures de l'armée Russe non cataloguées.

SUISSE

571 — Bonnet à poil de Grenadier, canton de Thurgovie, mod. 1750-1800.

572 — Chapeau de Fusilier. 1845.

573 — Schako de troupe, grande tenue, grenadier, canton de Zurich, mod. 1814.

574 — Schako de troupe. Infanterie, canton de Saint-Gall, mod. 1820-1840.

575 — Schako d'officier. Infanterie, canton de Saint-Gall, mod. 1820-1840.

576 — Schako de troupe, Chasseurs à pied, canton de Thurgovie. mod. 1820-1840.

577 — Schako d'officier. Infanterie, canton de Fribourg, mod. 1840.

578 — Casque de troupe. Dragons, mod. 1840.

579 — Schako d'officier, grande tenue, can ton du Valais, mod. 1830-1840.

580 — Schako d'officier, grande tenue, état-major, mod. 1860-1870.

581 — Casque de troupe. Dragons, mod. 1860.

582 — Schako d'officier, grande tenue, Chasseurs de gauche, canton de Neufchâtel, mod. 1850.

583 — Schako de troupe, Artillerie, mod. 1850.

584 — Schako de troupe. Infanterie, mod. 1830-1850, canton d'Appenzel, Ausrohde.

585 — Képi-schako de troupe, Chasseurs de la Landwehr, canton de Genève, mod. 1850-1865.

586 — Schako de troupe. Infanterie du 2ᵉ bataillon fédéral, mod. 1880-1885.

587 — Casque de cavalerie. Essai.

588 — Schako d'officier des Guides, grande tenue.

589 — Schako de troupe, 2ᵉ carabiniers, canton de Genève, mod. actuel.

590 — Schako de troupe, 10ᵉ d'Artillerie, canton de Genève, mod. actuel.

591 — Schako de troupe, 14ᵉ d'infanterie, mod. actuel.

592 — Coiffures de l'armée Suisse non cataloguées.

ACCESSOIRES MILITAIRES

593 — Quantité de plaques pour schako, sabretache, bonnet à poil et schapska.

Boucles de ceinturon, bandeaux de casque, attributs militaires variés ; 1793 à 1870.

Sera divisé.

594 — Collection **de** boutons d'uniformes.

Sera divisé.

595 — Lot de plumets, pompons, flammes, chenilles.

Sera divisé.

596 — Réunion de cocardes de la Révolution à 1848.

597 — Appliques de retroussis. Révolution.

598 — Plusieurs dragonnes or, argent et cuir, anciennes et modernes.

599 — Aiguillettes, fourragères, cordons pour shako.

600 — Porte-manteau d'officier de cavalerie.

601 — Porte manteau de Lancier de la garde impériale.

602 — Ceintures, ceinturons et sabretaches.

603 — Gants, sacs de troupes, couvre fontes.

604 — Ceinturon et baudrier de tambour-major galon or fin, fond drap rouge, garnitures en bronze ciselé et doré, 16e de ligne.

605 — Guêtres, plastrons.

606 — Plusieurs hausse-cols époques variées.

607 — Appliques de retroussis. Ier Empire.

608 — Accessoires divers.

609 — Paire d'épaulettes en or fin. Louis XIV.

610 — Deux pattes d'épaulettes.

611 — Plusieurs paires d'épaulettes d'officier.

612 — Deux paires d'épaulettes or, graine d'épinard. Empire.

613 — Paire d'épaulettes graine d'épinard argent. Portugal.

614 — Une autre paire, or. Espagne.

615 — Paire d'épaulettes de la garde civique du Pape.

616 — Plusieurs paires d'épaulettes en métal et en lamé de différentes époques.

617 — Paire d'épaulettes de lieutenant, en or fin. 1830.

618 — Paire d'épaulettes de capitaine de la garde nationale, argent fin. 1830.

619 — Aiguillettes et Épaulettes argent fin; Giberne dont la plaque est en argent avec sa banderole. Garde nationale. 1830.

620 — Giberne en bronze doré et ciselé et sa banderole argent fin. Bavière.

621 — Giberne et sa banderole en or fin. Autriche.

622 — Deux ceinturons et deux gibernes en cuir rouge galonné argent; Garde nationale à cheval. Restauration.

623 — Giberne et sa banderole en velours rouge, garde nationale. 1830.

624 — Plusieurs gibernes de cavalerie avec banderole; troupe et garde nationale. Empire à 1880.

625 — Plusieurs gibernes d'infanterie et buffleterie.

626 — Accessoires militaires non catalogués.

OBJETS DIVERS

627 — Tambour Anglais avec ses baguettes

628 — Cuirasse, Officier de Cuirassiers. 1825.

629 — Devant de cuirasse de Carabinier. Restauration.

630 — Canne de Tambour major sur laquelle on lit :

Darruber, tambour âgé de 14 ans, Bonaparte général de la garde nationale 1799, portraits de Darruber, Agricole Viala, Joseph Barra, etc.

631 — Médaille de cuivre renfermant une balle, souvenir des événements de la Croix-Rousse en 1849.

632 — Croix de chevalier de la Légion d'honneur. Second Empire.

633 — Objets divers.

634 — Médaille de Saint-Hélène et autres.

635 — Portefeuille de M. de Dreux Naucré, colonel du 23e chasseurs.

636 — Paire de patins à roulettes.

637 — Tire-bottes. Carafe de campement. Calotte ayant appartenu au général Mainoni.

638 — Lot de cadres, panonceaux en cuir.

639 — Grande pièce de buffleterie.

640 — Panneau en bois monté sur roulettes.

641 — Tonneau de cantinière. Compagnie de la Mulatière.

642 — Paire de bottes de postillon. xviiie siècle
et deux autres paires modernes.

643 — Coq de drapeau en bronze ciselé.

644 — Bâton de maréchal de France. Second
Empire.

645 — Sous ce numéro seront vendus les
objets omis au présent catalogue.

NOTES

9 782329 580166